그 어느 곳보다,
몬 테 네 그 로

그 어느 곳보다,
몬 테 네 그 로

백승선 여행 에세이

Montenegro

muʃintree
뮤진트리

몬테네그로
Montenegro

크로아티아

루마니아

보스니아 헤르체고비나

세르비아

몬테네그로

코소보

아드리아 해

마케도니아

알바니아

이탈리아

그리스

몬테네그로

Montenegro

천혜의 자연 아드리아 해에 면해 있는 몬테네그로는 진한 회색의 나라이다.
디나르알프스 산맥 남단부에 위치해 있어서 산이 많고, 바위산이 대부분이고,
도시마다 성벽으로 둘러싸여 있으니, 더욱 회색빛이 강하다.
몬테네그로라는 이름 자체도 '검은 산'이라는 뜻일 만큼.
푸른 바다와 그림 같은 섬도 많지만 '그 어느 곳보다 몬테네그로'인 이유는
장대한 풍광과 함께 느낄 수 있는 거친 아름다움 때문이다.

당신이 그려 넣는 쉼표 하나,

여행

몬테네그로는 유럽 대륙 남동부의 발칸 반도에 있는 작은 나라이다. 남서쪽으로는 아드리아 해에 면해 있고 북쪽과 동쪽은 보스니아 헤르체고비나와 세르비아, 남쪽은 알바니아와 경계를 이루고 있다. 크로아티아와도 서쪽으로 조금 붙어 있어서, 그야말로 발칸 반도 여러 나라와 경계를 이루고 있는, 지정학적으로 매우 중요한 위치에 있는 나라이기도 하다.

그런 이유로 크고 작은 전쟁이 숱하게 일어난 곳이기도 하지만, 축복이라 할 수 있는 아드리아 해 덕택에 오늘날에는 여행자들의 발길이 끊이지 않는 아름다운 곳이다.

몬테네그로 여행의 하이라이트라 할 수 있는 도시는 코토르와 부드바이다. 두 곳 모두 아드리아 해 쪽에 위치하고 있어서 몬테네그로의 어느 도시에서나 쉽게 접근할 수 있고, 심지어 크로아티아의 두브로브니크에서도 버스로 2시간 정도면 갈 수 있다.

특히 두브로브니크에서 코토르까지는 아드리아 해를 따라 가는 좁은 길이다. 그 길을 차를 타고 달린다면 꼭 오른쪽에 앉아야 한다. 창밖으로 세상에서 가장 아름다운 해안선이 펼쳐지기 때문이다.

디나르알프스 산맥과 옥빛의 아드리아 해가 어우러진 모습은 절대로 놓쳐서는 안 될 풍경이다.

유럽 여행을 하다보면 국경을 들고나는 것은 자연스러운 일이지만, 나는 한 나라의 국경을 넘는 것이 늘 부담스럽다. 그동안 수없이 많은 국경을 버스로, 열차로, 자동차로 통과했지만 지금까지 기억에 남아 있는 일이 하나 있다.

보스니아 헤르체고비나의 사라예보에서 세르비아의 베오그라드로 갈 때였다. 당시 사라예보의 중앙버스터미널에는 세르비아로 가는 버스가 없었다.

지금만큼 정보가 많지 않을 때라 어렵게 사라예보 외곽의 루카비차 버스 터미널에서 세르비아로 가는 야간버스가 있다는 것을 알게 되어 저녁을 먹고 택시로 루카비차까지 갔다.

루카비차는 사라예보에 가까운 곳이었지만 오히려 세르비아인들이 많이 거주하는 곳이었다.

1992년부터 1995년까지 수년 간, 도시를 포위하고 사라예보 사람들을 향해 무차별 학살을 저질렀던 세르비아인들이 모여 사는 루카비차는 사라예보 안의 작은 나라와도 같았다.

보스니아 헤르체고비나와 세르비아 간의 결코 지워지지 않을 상처 때문이었을까. 나는 뭔가 느껴지는 삭막함과 긴장감에 이곳을 빨리 떠나고 싶은 마음뿐이었다.

11시가 넘어서야 버스가 출발하자 안도감에 잠이 들었던지, 국경에 도착했다는 버스기사의 방송 소리에 잠이 깼다. 그새 네 시간이 지나 있었다.

앞문으로 올라와 승객들을 일일이 살피던 세르비아 국경 경찰이 바로 내 앞에 앉아 있던 남녀에게 질문을 하기 시작했다. 뭔 얘기를 한참 주고받더니, 결국 두 사람은 경찰을 따라 내렸고, 버스에 실었던 트렁크까지 꺼내서 끌며 경찰을 따라 가는 뒷모습이 차창 밖으로 보였다.

'무슨 일일까? 왜 저들은 국경을 넘지 못하는 걸까?'

여행 중 처음 겪는 일이거니와 불과 얼마 전까지도 두 나라가 적대 관계였던 사실을 생각하니 머릿속이 혼란스러웠다.

이유는 모르지만 타의에 의해 여정을 멈춰야 하는 그들이 안됐기도 했고, 한밤중에 국경에서 되돌아가던 두 사람의 뒷모습이 여행기간 내내 자꾸 떠올랐다.

그래서 여전히, 국경은 불편하다.

이번에는 아름다운 크로아티아의 두브로브니크에서 해를 보며 출발했다. 버스로 한 시간만 더 가면 국경에 도착한다. 그러나 이곳 국경역시 만만치는 않다. 몬테네그로로 들어가는 관문에선 유난히 엄격하게 입국심사를 한다. 때로는 짐을 모두 풀어 보여줘야 하는데, 보통은 20~30분 정도 걸리지만 심할 땐 한 시간을 기다려야 한다.

자칫 몬테네그로의 첫인상을 나쁘게 만들 수 있는 상황이지만, 이곳만 지나면 아드리아 해를 따라 이어지는 세계 최고의 드라이브 코스를 만날 수 있다는 것, 그리고 때 묻지 않은 중세 도시를 볼 것을 생각하면 기꺼이 참을 수 있는 불편함이다.

그렇게 국경을 통과하고 조금 더 달리면, 크로아티아와는 또 다른 풍광이 창밖으로 쫙 펼쳐진다.

끝없이 이어진 꼬불꼬불한 길은 곧게 뻗은 길로 빠르게만 달려온 사람에게 여유로움을 선사한다. 세상에서 가장 아름다운 해안을 따라가는 이 길은 꼬불꼬불할 뿐만 아니라 좁기도 하다. 잠시 한눈을 팔거나 과속을 하면 위험할 수도 있는 길이다. 다행히 이곳에는 빨리 달리는 차들이 없다. 간간이 보이는 앞차들은 하나같이 느린 속도로 제갈길을 간다. 앞차를 추월하는 것은 상당한 모험이 따르기에 처음부터 포기하는 것이 좋다. 앞차가 그나마 근처 마을로 빠져주면 좋겠지만 그래봐야 얼마 후에 만나는 다른 차도 그리 다르진 않을 테니까.

그러니 오히려 좋지 않은가. 빨리 지나고 싶지 않은 이 아름다운 길을 천천히 달리면서 아드리아 해의 풍광을 제대로 즐길 수 있으니 말이다.

바다.
늘 가고 싶은 바다가 있다.

세 개의 대륙과 접하고 있는, 이름 그대로 땅 가운데 있는 바다 지중해. 프랑스와 스페인, 그리고 그리스에서 지중해를 보았다.
이제 땅 사이의 바다가 흘러나가 큰 바다와 만나는 아드리아 해에서 다시 지중해를 만났다.
이탈리아 반도와 발칸 반도 사이에 있는 아드리아 해는 슬로베니아, 크로아티아, 보스니아 헤르체고비나, 몬테네그로, 알바니아를 끼고 있는 바다이다.
전쟁으로 고통 받고 아직 그 상흔이 남아 있는 이 나라들을 다시 일어서게 해준 것이 바로 아드리아 해이다. 오늘날 수많은 사람들이 이 푸른 바다를 보기 위해 발칸 반도를 찾아온다. 그 중심이 크로아티아와 몬테네그로의 해안 도시들이다.
그중 몬테네그로의 아드리아 해가 특별한 것은, 투명하다 못해 신비로운 푸른 물빛과 따사롭게 비치는 햇살, 그리고 오래된 성벽들에 부딪는 상쾌한 바람소리가 있기 때문이다.
호사는 눈으로만 누리는 것이 아니다. 바람소리는 그 호사를 극대화시킨다.

슬로베니아의 피란Piran에서 시작된 아드리아 바닷길은 아드리아 해
가장 깊숙한 곳에 숨어 있는 도시 코토르까지 이어진다.
몬테네그로 여행은 처음부터 끝까지 아드리아 해와 함께하는 여정
이다.

세상에서 가장 신비한 빛을 품은 바다와 함께하는 가장 푸른 여행.
눈을 감으면 어디선가 그날의 푸른 바다 냄새가 느껴지게 만드는
곳, 몬테네그로.

● 오스트로그

● 페라스트
● 코토르
● 포드고리차

● 부드바
● 스베티 스테판
● 페트로바츠

● 울치니

페라스트

Perast

두 개의 섬이 전하는 감동과 사랑의 전설.
사람들은 오늘도 이야기를 찾아 그 섬으로 간다.

코토르에서 두브로브니크로, 혹은 두브로브니크에서 코토르로 가는 길이라면, 누구나 이곳 페라스트에서 멈추게 된다.

바다 위에 그림처럼 떠있는 섬을 그냥 지나치기는 쉽지 않기에.

아름다운 풍경에 시선을 빼앗긴 사람들은 모두 도로 아래쪽, 섬을 바라보고 있는 작은 도시 페라스트로 내려간다.

잠시 머물다 가려던 계획은 자그마한 마을로 들어서면서 바뀐다.

아름다운 중세의 모습을 간직한 마을은 마음먹고 걸으면 30분도 채 안되어 마을 끝까지 도착할 수 있을 만큼 작다.
이곳 페라스트에서 누릴 것 중 가장 좋은 것은 '느림'이다. 시간이 정지된 듯한 작은 마을에서의 여유는 그 어느 곳에서도 맛볼 수 없는 경험이다.

잠시 머물다 가려던 사람들은 마을 앞 바다가 저녁 노을에 붉게 물들 때까지 발길을 돌리지 못하고 서성인다.

마을 중앙에 있는 성 니콜라우스 성당은 1616년에 지어진 페라스트
의 '만남의 광장' 이다.

성당 앞 광장은 현지인이건 여행자들이건 나무 아래 벤치에 앉아 커피 한 잔의 여유와 담소를 즐기는, 페라스트의 중심지이다.
광장 옆에는 영화에서나 봤을 성싶은 오래된 소방차가 있는 소방서가 있고, 예쁜 우체국도 자리잡고 있다.

이곳 페라스트에서는 반드시 55미터 높이의 종탑에 올라가봐야 한다. 1691년에 완성된 종탑은 인근 코토르 만에서 가장 높은 종탑으로, 전망대에 올라가면 페라스트의 모든 것이 한눈에 들어온다.

아드리아 바다의 짙은 푸름을 바라보고 있으면
영혼까지도 푸르게 물들어 버릴 것만 같다.

투명한 블루.

굽이굽이 산을 넘고 골짜기를 돌아 도착한 곳, 페라스트.

시간이 한참이나 지났건만,

마치 누군가에게 뒷덜미를 잡힌 듯 자리에서 일어나기가 쉽지 않다.

아드리아 해의 푸른 바람이 이마에 닿는다.
그렇게 한참 동안 바다를 바라보고 또 바라보았다.

페라스트는 1420년부터 1798년까지 베네치아의 지배하에 있었다. 당시에는 조선소가 4개나 되고 100여 척의 범선들이 정착하던 큰 도시였다고 한다. 2천여 명의 주민이 살았다는 그때와는 비교할 수 없을 정도로 작아져버린 페라스트 시내에 당시 건축물들이 남아 있다. 16세기 바로크식 궁전이 있고 17개의 카톨릭 교회와 2개의 정교회 교회가 있다. 이제는 350여 명이 살고 있는 조그만 어촌 마을이지만, 앞바다에 떠있는 2개의 섬을 보기 위해 찾아오는 여행자들로 늘 북적이는 곳이다.

페라스트 앞바다에는 두 개의 섬이 있다.

오늘날 페라스트가 유명한 이유는 이 섬들 때문이기도 하다.

베네딕트 수도원이 자리잡고 있는 자연섬인 성 조지St. George섬과

인공섬인 고스파 오드 슈클레플야Gospa od Skrpjela섬이 그것인데, 인

공섬은 바위의 성모Our lady of the Rock섬이라고도 불린다.

크고 작은 보트들이 하루에도 수십 번씩 바위의 성모섬을 오간다.

두 개의 섬은 모두 이야기를 품고 있다.

바위의 성모 섬은 처음에는 바위만 있었다고 한다. 그런데 15세기에

한 어부가 그곳을 지나다 바위 위에서 성화를 발견한 후, 수백 년 동

안 어부들이 바위 위에 돌을 쌓아 섬을 만들고 성당을 세웠다는 것

'그 섬에 가고 싶다.'

이다. 그래서 지금도 매년 7월이면 이를 기념하며 바다에 돌을 떨어
뜨리는 행사가 열린다고 한다.

인공섬의 이야기도 감동이었지만, 성 조지 섬의 '사랑이야기'가 나
를 끌었다. 오래전, 페라스트를 점령한 프랑스 군의 한 병사가 마을
의 한 처녀와 사랑에 빠졌다. 그러던 어느 날 군인은 명령에 따라 마
을을 포격했고, 그 때문에 사랑하는 그녀가 죽자, 죄책감과 실연의
아픔으로 괴로워하던 군인은 결국 수도사가 되어 죽을 때까지 섬에
서 살았다는 이야기이다.

사람들은 오늘도 이야기를 찾아 그 섬으로 간다.

아드리아 해를 끼고 있는 대부분의 도시들과 달리, 이곳 페라스트에 는 도시를 보호하는 성벽이 없다. 대신 인공섬에 세워져 있는 종탑 과 성 니콜라우스 성당의 종탑에서 경계를 서는 경비병이 적의 침입 을 알려 시민들을 보호했다고 한다.

수없이 많은 전쟁을 치렀을 도시는 생각보다 훨씬 평화로워 보인다.

난, 그것이 바다가 주는 치유라고 이해했다.
모든 것을 다 껴안아주는 듯한 아드리아의 푸른 바다에 여행자의 영
혼이 말갛게 물든다.
그때도 그렇게 잠잠해졌을 것이다.

아무 일도 없었다는 듯이.

여행은 후회를 남기는 일이다.

난 왜 그때 그 푸른 아드리아 해에 발 한 번 담그지 못했을까.

반복되는 후회.

바닷가 가까이에 놓여 있던 낡은 흰색 벤치.
그 위에 마시던 물병을 두고 온 것을 큰길로 올라 온 후에야 알았다.
곧 누군가에 의해 버려지겠지만 이곳, 페라스트에도 나의 흔적 하나
남겨둔 셈이다.
어쩌면 우리는 끊임없이 저마다의 흔적을 남기려고 사는 것은 아닌지.

언젠가 알고 지내던 여행사 직원이 "동유럽 어디가 그렇게 좋으냐"고 물었다.

"붉은 색과 낡은 것!"

언제부터인가 동유럽에 대해 누군가 묻기만 하면 바로 하는 대답이다.

오래전, 붉은 지붕과 낡은 것들을 처음 본 때부터 날마다 이 붉은 색과 낡은 것을 그리워하며 살고 있다.

결코 끝나지 않을 이 짝사랑을 가능한 많은 사람에게 전하고 싶은 나는 동유럽 전도사.

두 개의 섬으로 향하는 보트에서 돌아보면 그제야 페라스트가 제대로 보인다. 붉은 지붕의 집들이 옹기종기 모여 있는 평화로운 모습.

시간이 정지된 듯한 곳에서 '느림'을 누린다.

꾸밈이라곤 찾을 수 없는, 화려함이란 아예 존재하지도 않았던 이 작은 도시를 그저 바라볼 수 있는 것만으로도 고마운 일이다.

시간마저 멈춰버린 듯한 이곳에서 여전히 분주한 사람들은 잠시 머물다 떠나는 여행자들뿐이다.

왼쪽의 성 조지 섬은 키 큰 소나무 숲으로 둘러싸인 붉은 수도원이 있는 웅장한 모습의 남성적인 느낌이라면, 오른쪽의 인공섬은 흰색과 녹색이 주조를 이루는 건물이 길게 자리잡고 있어 정숙한 느낌이다.

전혀 다른 느낌이 나는 두 개의 섬은
마치 어울리는 남녀 같다.
아드리아 해에 떠있는 가장 아름다운 섬이 아닐지.

아까부터 내 얼굴과 들고 있는 카메라를 번갈아 쳐다보던 할아버지가 나와 눈이 마주치자 살짝 미소를 짓더니 말을 걸어왔다.

"좋은 카메라야."

"저도 그렇게 생각합니다. 덕분에 이 아름다운 풍경을 잘 담고 있습니다."

"내가 젊었을 때 즐겨 사용하던 카메라도 자네 것과 비슷한 M6였어. 세상에서 단 한 장뿐인 유일한 사진. 그것이 필름 카메라의 매력이지. 그렇지 않나?"

"그럼요."

"그런데 이젠 나이 먹고 손이 떨려 더이상 사진을 찍는 것이 어려워."

할아버지의 얼굴에 아쉬운 마음이 묻어났다.

"이봐 동양인 친구. 재미있는 것이 뭔지 아나?"

"뭐... 죠...?"

"한참 사진을 찍으러 다닐 때는 내 사진이 거의 없더니, 더이상 카메라를 못 잡으면서부터 내 얼굴이 들어간 사진이 많아지더군."

그 말을 듣고 보니 나도 그랬다.

'내 사진'이 없었다.

잡지사나 방송국에 저자 사진을 보내야 할 때 '내 사진' 찾기가 어려울 정도였다.

"사진을 찍지만 말고 찍히는 연습을 해봐. 아름다운 풍경 속에 있는 내 모습이야말로 정말 귀한 것이거든."

"아, 그러네요. 앞으로 그래야겠어요."

"할아버지, 지금 이곳에서의 순간도 남기고 싶네요. 함께 찍으실래
요?"

할아버지는 '허허'하고 웃으며 두 개의 섬을 배경으로 하고 서더니
옆으로 오라는 손짓을 했다.

그날 오후, 정말 오랜만에 풍경과 하나가 된 '내 사진'이 한 장 생겼다.

인공섬에는 교회와 미술관이 함께 자리잡고 있다.

1630년에 바로크 양식으로 지어진 교회 내부로 들어서면 동방정교회의 이콘들을 볼 수 있는데, 색채가 조금 어둡고 투박하게 느껴지지만 초기 기독교의 분위기가 그대로 전해진다.

교회 천장에는 마리아의 탄생부터 죽음까지를 그린 68개의 유화가 박혀 있고, 제단에는 어부들이 발견했다는 성모의 그림이 놓여 있다.

특히 눈에 띄었던 것은 벽에 붙어 있는 은판들이었는데, 이곳을 지나는 상선들이 안전한 항해를 기원하며, 또한 군함들이 승리를 기원하며 바친 것이라고 한다. 2천여 개의 은판을 보며 바다에 맞서 살아야 했던 사람들의 절절한 기원과 소망이 느껴졌다.

교회당에서 안으로 더 들어가면 미술관이 있다. 미술관에는 이 작은 도시에서 발굴된 오래된 유물부터 근대 작품들까지 알차게 전시되어 있어, 귀한 작품들을 볼 수 있는 뜻밖의 시간이었다.

바로크 양식으로 지어진 부요비치 궁전은 17세기말 베네치아 건축가인 조반니 바티스타 폰타나에 의해 설계된 건물로 현재는 페레스트의 박물관으로 사용되고 있다.

중심부 길가에 있는 이곳의 발코니에 서면 두 개의 섬이 떠있는 아름다운 풍경을 볼 수 있다.

● 오스트로그

● 페라스트
● 코토르
● 포드고리차

● 부드바
● 스베티 스테판
● 페트로바츠

● 울치니

코토르

Kotor

아드리아 해가 내륙 깊숙이 들어온 곳에 작은 도시가 있다.
아름다운 자연과 중세의 건축물이 가득한
발칸 반도의 숨은 진주.

세계위험유산List of World Heritage Sites in Danger이라는 것이 있다.

세계문화유산을 찾다가 알게 된 것이다. 세계위험유산은 세계문화
유산에 등재된 곳 중에서 자연재해나 관리 부족으로 인해 체계적인
보호가 필요하다고 판단되는 곳을 지정하는데, 전 세계에 30곳 이상
이나 있다고 한다.

이곳, 코토르의 구시가지가 위험유산이었단다.

코토르는 아름다움과 문화적 가치를 인정받아 1979년 세계문화유
산으로 지정되었으나, 그해에 발생한 지진으로 도시의 상당 부분이
훼손되어 복구와 관리가 절실했던 곳이다. 다행히 적극적으로 복구
를 하고 잘 관리한 덕에 2003년에 세계위험유산에서 제외되었다고
한다.

참 다행이다.

아름다운 자연과 중세의 건축물이 가득한 이곳엔 지금도 숱한 어려
움을 이겨내고 옛 모습을 지키며 살아가는 사람들이 있다.

크로아티아에서 아드리아 해에 떠있는 작은 섬들과 중세 도시의 아름다운 모습을 봤다면, 몬테네그로에서는 아드리아 해를 품어안은, 비밀스러운 중세 도시를 만날 수 있다. 발칸 반도 내륙까지 깊숙이 들어온 아드리아 해 한쪽 끝에 있는 도시 코토르.

미로처럼 연결된 좁은 골목길들을 걷다 보면 벽마다 나있는 초록색과 하늘색, 노란색 창문들이 유난히 눈에 들어온다. 바람과 햇빛에 바란 색이 원색보다 더 멋있다는 것을 몸소 보여주는 상징들이다. 낡아서 자연스러운 것, 오래된 것에 생명을 불어넣는 테크놀로지.

닫혀 있는 창문들을 보고 있으면 오랫동안 터전을 지키며 살아가는 사람들의 소박한 삶의 이야기가 조곤조곤 흘러나올 것만 같다.

살짝 그리움이 베어나오는
옅은 바닷빛 엽서 같은
아드리아 해의 작은 도시들.

다시 발칸 반도로, 더 정확하게 말하면 아드리아 해로 떠나기로 마음먹은 지 한 달이 지난 9월 어느 날 오후, 나는 창밖으로 두브로브니크 올드타운이 보이는 버스에 앉아 있었다.

아드리아 해의 옥색 물빛과 붉은 지붕은 언제나 기분 좋은 흥분을 일으킨다.

이번 여행을 끝내고 돌아가면 또 언제까지 그리워하지 않아도 될까.

늘 그리움의 대상인 곳, 아드리아 해.

결코 쉽지 않은 재회를 얼마나 더 해야 그리움이 가라앉을까.

나를 알아줄 사람도

반겨줄 사람도 없는 곳에서

마음은 왜 이렇게 설레는지.

또다시 고개를 드는

지독한 짝사랑.

몬테네그로 여행은 처음부터 끝까지
아드리아 해와 함께하는 여정이다.

세상에서 가장 신비한 빛을 품은
바다와 함께하는 가장 푸른 여행.

"인간은 피곤한 상태로 태어난다.
그래서 쉬기 위해 살아간다."
—몬테네그로 격언

과거와 현재가 공존하는 아드리아 해 최남단 도시 코토르.
로마시대부터 사람들이 정착해 살았다는 항구도시 코토르에는 거대
한 성벽이 있다.

끊임없는 외적의 침입으로부터 도시를 보호하기 위해 쌓은 성벽. 그 안에 세상 어느 곳과도 비교할 수 없는 독특한 중세 유럽 도시가 숨어 있다.

육지와 바다의 경계인 항구는 떠나는 것이 일상인 곳이다. 코토르 항에 저 멀리 지구 반대편을 향해 떠나는 배가 있음을 안 것은 얼마 되지 않는다. 여객선 터미널에서는 숱한 사람이 사연만큼의 무게를 담은 가방을 들고 각자의 목적지로 떠난다. 또 누군가가 무엇인가를 싣고 도착한다. 항구는 늘 그만큼의 떠들썩함과 그만큼의 흥분만을 듣기 위해 그 자리에 있는 것이다.

코토르의 구시가는 바다를 안고 있다. 그곳 사람들의 삶의 숨결이 이어지는 공간이다.

바다는 사람을 조용하게 만드는 힘이 있다.

사람들이 지나간다. 익숙한 침묵이 함께 지나간다.

아드리아 해안의 코토르만 깊숙한 곳에 있는 항구도시 코토르의 구시가지는 세계문화유산으로 지정된 곳답게 아름다운 중세 도시의 모습을 잘 간직하고 있다. 16세기에 만들어졌다는 바다의 문을 지나면 중앙에 시계탑이 우뚝 서 있는 오르자 광장이 보이고, 그 주변으로 귀족들이 거주했던 저택, 르네상스와 비잔틴 양식 건축물, 노천카페 등이 줄지어 있다.

구시가는 골목들로 한없이 이어져 있다. 골목을 따라 걷다보면 순교자 성 트리푼을 기념하기 위해 809년에 세웠다는 로마네스크 양식의 성 트리푼 대성당이 보이고, 좀 더 가면 1909년에 네오 비잔틴 양식으로 지어진 성 니콜라 성당과 성 루카 교회가 나온다.

골목마다 멋진 집들도 많다. 14세기 비잔틴 저택과 그루구린 저택, 유명 가문 보카의 저택, 아름답기로 이름난 피마 저택이 제각각 개성을 뽐내며 서 있다. 저마다 다르지만 하나의 스타일로 어우러지는 조화.

코토르는 신시가지와 구시가지로 구분된다. 아드리아 해안을 따라 형성된 주택지역이 대부분의 코토르 시민들이 거주하고 있는 신시가지이고, 견고한 성벽으로 둘러싸여 있는 곳이 구시가지이다.

도시 전체가 유네스코 세계문화유산으로 등재되어 있지만, 코토르 여행의 핵심은 단연코 구시가지이다.

성벽으로 둘러싸인 구시가지에는 12~15세기에 세워진 건축물들이 많이 남아 있다. 르네상스, 로마네스크, 바로크 양식의 다양한 건축물을 수백 년이 지난 지금에도 볼 수 있는 보물 같은 곳이다.

코토르 구시가지로의 여행은 '느림'을 배우는 시간이다. 그곳에 살고 있는 사람들의 느린 삶을 보면서 느림의 가치를 느끼는 것, 그것이 코토르에서 배우는 삶의 지혜다.

코토르는 슬라브 국가 중에서 해군 사관학교가 최초로 설립된 곳이고, 아드리아 해의 최초 해도가 코토르의 항해사 학교에서 제작될 정도로 당시 문화, 예술, 상업의 중심지였다.

지도를 보면 바다가 육지 사이로 아주 가늘게 스며들어 만을 이루
고, 그 만 끝에 코토르가 있다. 몬테네그로를 일컬어 '육지와 바다의
가장 아름다운 조우'라고 했다는 영국 시인 바이런이 이곳을 보았던
것일까?

바다가 내륙 깊이 들어온 피오르 지형 덕택에 높은 산이 있고, 예쁜
물빛을 자랑하는 바다가 있고, 볼수록 아름다운 해안선의 모습이 있
는 곳. 코토르는 천혜의 도시이다.

코토르 성벽을 들고나는 문은 세 개가 있다. 서문과 강의 문으로 불리는 북문, 그리고 가장 오래된 구르디차 문이라고 불리는 남문.

그중에서 본격적으로 코토르 여행을 시작하기 위해서는 16세기에 만들어진, '바다의 문'이라고 불리는 서문으로 들어가야 한다.

화려한 문양으로 장식되었다는 원래의 문은 제2차 세계대전 때 파괴되어 안타깝게도 볼 수 없고, 현재는 간단한 무늬가 그려진 무거운 철문이 대신하고 있다.

서문 앞에는 인포메이션 센터가 있는데 놀랍게도 한국어로 된 지도가 비치되어 있다. 인포메이션 센터의 유리창엔 태극기도 붙어 있다. 신기하기도 하고 반갑기도 해서 담당 직원에게 한국인들이 많이 오느냐고 묻자, 두브로브니크에서 당일여행으로 코토르를 찾아오는 한국인들이 제법 있다고 한다.

발칸 반도의 작은 도시에서 한글을 볼 수 있는 것만으로도 감동이다. 지도 한 장을 챙겨 들고 나오다 보니 서문 오른편에 구시가지를 자세하게 그려놓은 약도가 붙어 있다. 이동 경로를 정하고 바다의 문을 통과한다.

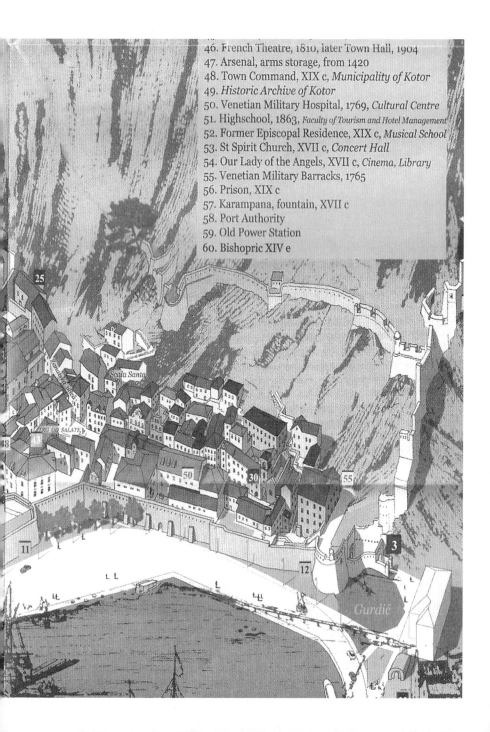

아치 모양을 한 '바다의 문' 위에 있는 돌로 된 판에 '21-XI-1944' 라는 표시가 새겨져 있다. 1944년 11월 21일 제2차 세계대전 당시 이 지역이 독일로부터 독립한 날이라고 한다.

'바다의 문'을 지나 성벽 안으로 들어서면 오르자Oruzia 광장이 나오는데, 우뚝 서 있는 시계탑이 눈에 들어온다.

1602년에 처음 세워졌으나 1677년의 지진으로 심하게 손상을 입은 후 제대로 보수가 안 되어 있던 것을 1970년대에 이르러서야 원형과 가장 비슷한 모습으로 복원했다고 한다.

시계탑 아래에 세워져있는 삼각형 조형물에 얽힌 이야기가 재미있다. '치욕의 기둥Pillar of Shame'이라는 거창한 이름까지 붙어 있는데, 일상적인 경범죄를 저지른 사람을 이 삼각기둥에 묶어 세워 놓고, 그 앞을 지나는 모든 사람들로부터 창피를 당하게 했던 곳이라고 한다. 광장에서 가장 눈에 띄는 그곳에 묶인 채 서 있었다면 벌은 톡톡히 받았을 성싶다.

오르자 광장은 구시가지에서 가장 큰 광장이자 코토르
시 정치와 문화의 중심지이다. 광장 주변에 중세 귀족
들의 저택과 17세기에 지어진 비잔틴 궁과 1776년에
지어진 베스쿠차 궁이 있고, 현재의 시청과 무기고 등
이 있다.

사람들이 모여드는 광장답게, 주변에 예쁜 카페들이
많다. 여행자들과 현지인들이 공존하며 서로를 느끼는
곳. 어디서나 카페는 여유로움을 느낄 수 있어 좋다.

시계탑 뒤로 연결되어 있는 건물 1층에도 카페가 하나 있다.

한동안 빵만 먹다 보니 국물 생각이 간절했다. 백팩 안에 아껴둔 컵라면이 하나 있었지만, 뜨거운 물을 구하는 것이 문제였다. 컵라면을 맛있게 먹으려면 물이 뜨거워야 하는데, 바쁜 점심시간에 끓는 물을 구하기란 쉽지 않았다.

카페 몇 군데를 돌아다니다 포기하려는 순간, 1층 카페 앞에 서 있던 여자가 내게 손짓을 하며 오라고 했다. 컵라면을 들고 여기저기 기웃거리는 것을 봤던 모양이다. 재빨리 그녀를 따라 카페 안으로 들어갔다. 그녀는 나를 주방으로 데려가더니 커피포트에서 물을 받으라고 한다. 적당한 온도다.
기쁜 마음으로 컵라면에 물을 부은 후 고맙다고 인사 하자, 그녀는 별 거 아니라는 듯 씩 웃더니 식사하고 커피 마시러 오란다. 장사는 이렇게 하는 법이다.

귀한 국물이 흘러 넘칠까봐 조심스럽게 그릇을 받쳐 들고 나와 성벽 옆 야자수 아래 벤치에 자리를 잡았다. 아드리아 바다를 바라보며 컵라면을 먹는 이 뿌듯함이라니…. 한국산 컵라면은 역시 이국의 여행지에서 먹을 때가 최고로 맛있나.

코토르 구시가지엔 11개의 성당, 교회, 수도원이 있다.
구시가지의 면적과 2천여 명의 주민 수에 비해 적지 않은
숫자다. 그것은 코토르가 몬테네그로의 종교 중심지였다는
사실을 말해준다. 그 가운데 가장 유명한 성당은 트리폰 광
장에 있는 성 트리폰 대성당St. Tryphon's Cathedral이다.

성 트리폰 성당은 809년에 안드레아 사라체니스Andrea Saracenis 주교가 코토르의 수호성인인 트리폰에게 봉헌한 것으로, 당시 콘스탄티노플에서 성인의 유해를 옮겨와 안치한 곳이다.

아치형 입구 양옆에 서 있는 두 개의 탑 벽에는 각각 '809'와 '2009'라는 숫자가 새겨져 있는데 '809'는 처음 성당이 세워진 해를, '2009'는 화재와 지진으로 인해 소실되었던 성당을 다시 복원한 해를 의미한다고 한다. 그래서 두 개의 탑은 상부가 다른 독특한 모습으로 남게 되었다.

건축 당시 대부분 프레스코화로 장식되었던 내부는 1667년 대지진으로 인해 상당 부분이 훼손되어 현재는 제단 옆 벽과 기둥 몇 군데에서만 그 흔적을 찾아 볼 수 있다.

이곳에서 가장 사람들의 흥미를 끄는 것은 예수의 십자가상이다. 십자가에 달려 있는 예수의 모습은 보기만 해도 절로 숙연해진다.

이 외에도 피에타 상과 예식을 위한 도구 등 적지 않은 유물들을 소장하고 있어서, 성 트리폰 성당은 신자와 비신자 모두에게 역사적인 곳이다.

성 트리폰 성당과 함께 코토르를 대표하는 건축물로
성 니콜라스 교회St. Nicholas Church가 있다. 이곳은 가
톨릭이 아닌 동방정교회의 교회이다. 구시가지 안에
있는 11개의 성당 중 로마가톨릭 성당은 성 트리폰 성
당뿐이고, 나머지 10개는 모두 동방정교 교회이다. 성
니콜라스 교회는 동방정교 교회의 대표 격인 셈이다.

교회는 19세기에 처음 지어졌으나 화재로 완전히 소실
되었다가 1909년에 3개의 회색 돔과 함께 네오 비잔틴
양식으로 재건되었다. 현재는 코토르에서 가장 중요한
교회로, 구시가지 대부분의 행사가 이곳에서 열린다.
운 좋게도 코토르에 머무는 동안 성 니콜라스 교회 안
에서 열린 클래식 연주와 교회 앞 루카 광장에서 열린
음악 공연을 봤다. 역사적인 교회 안에서 듣는 음악도
감동적이었지만, 붉은색과 흰색 타일 같은 대리석으로
덮인 중세 분위기의 광장에서 본 공연이 더 인상적이
었다.

유럽의 성당과 교회에서는 늘 다양한 공연들이 열린다. 루카 광장 역시 두 개의 교회와 이웃한 음악학교의 앞마당 같은 곳으로 유난히 많은 공연이 열린다고 한다.

이곳 시민들에게는 종교도, 예술도, 문화도 삶의 일부처럼 자연스럽게 보인다. 그런 면에서도 광장은 성 안 사람들의 삶의 숨결이 이어지고 있는 가장 친근한 장소이다.

성 루카 교회는 루카 광장을 사이에 두고 성 니콜라스 교회와 비스듬히 마주하고 있다.

1195년 마브로 영주에 의해 건축되어 17세기 중반까지는 카톨릭 성당으로 사용되었지만 점점 정교회 신자들이 늘어나면서 세르비아 정교 교회로 바뀌었다.

이 교회가 유명한 이유는 그동안 두 번의 큰 지진으로 인해 대부분의 건물들이 소실되었으나 성 루카 교회는 아무런 피해를 입지 않았기 때문이다.

코토르의 거리는 너무 깨끗하지 않아서,
잘 정비되지 않아서 좋다.
뭐랄까. 우리 시골처럼 편안하다.

투박한 듯하지만 한편으로는 아기자기함이 느껴지는.
그곳에서 잠시 누렸던
어느 초가을 오후의 나른함이 그리워진다.

어머니가 아이를 안고 있는 것처럼,
창조주가 그 긴팔을 뻗어 안고 있는 것처럼,
포근하고 편안한 느낌이 가득한 곳.

사랑의 숨결이 느껴지는
가장 안전한 포구 같은 곳,
그곳이 바로 코토르 만Bay이다.

코토르는 성곽 도시이다.

사람들은 4.5킬로미터 길이에 높이가 최대 20미터에 이르는 견고한 요새를 만들어냈다.

항구도시 코토르는 이곳을 지나는 주변국들의 끊임없는 침략을 당했던 곳이다. 자연히 적의 침략으로부터 벗어나기 위한 방법을 찾았을 것이다.

북쪽으로는 해자(적의 침입을 막기 위해 성 주위에 둘렀던 못)처럼 둘러져 흐르는 스쿠르다skurda 강이, 서쪽으로는 아드리아 해가 있고, 도시 뒤편엔 해발 1,747미터의 로브첸 산이 자리잡고 있어서, 자연적인 조건으로는 더할 나위 없이 든든했다.

실제로 1657년 코토르를 침입해 온 오스만 투르크 군대가 2개월 동안이나 공격을 했지만 성을 함락하지 못하고 결국 퇴각했다는 역사적인 기록이 남아있을 정도다.

천체의 자연과 생존을 위한 인간의 의지가 만나 이루어낸 난공불락의 요새.

로브첸 산 정상에 성 요한 요새St. John Fortess가 있다. 코토르 여행의
하이라이트는 130개가 넘는 계단을 따라 이 요새까지 올라가서 아
드리아 해와 도시의 풍경을 내려다보는 것이다. 이곳에서 보면 사람
들이 왜 코토르를 '발칸 반도의 숨은 보석'이라고 하는지 알게 된다.

정상까지는 한 시간 정도 걸리는데 중간 지점에 건강의 성모 교회
Church of Our Lady of Health가 있다. 14세기 유럽을 휩쓸었던 페스트
로부터 살아남은 사람들이 감사의 마음으로 세웠다는 교회이다.

코토르 관광 안내지도를 보면 파란색, 노란색, 빨간색으로 정상까지
코스의 난이도를 표시해 놓았는데, 성모 교회에서부터 정상까지는
중급 난이도의 길이다.

올라갈수록 보이는 풍경도 달라진다. 서서히 코토르 만의 속살이
드러난다. 도시와 자연이 공존하는 모습은 그 어느 풍경보다 감동
적이다.

조금 더 가니 요새 입구가 나왔다. 지금까지 걸어 온 길보다 더 험하고 좁다. 드디어 짧은 개폐식 다리를 건너 요새의 정상에 도착했다.

코토르 만이 한눈에 들어온다. 아드리아 해라는 보물 상자 가장 깊
은 곳에 넣어둔 최고의 보물이 반짝거리는 순간이다.

성 요한 요새로 가는 길은 몇 개의 코스가 있다. 난이도에 따라 선택할 수 있지만, 대부분의 여행자들은 날개 달린 사자 부조 아래로 나 있는 글라브니 골목Glavni Ulaz을 따라 올라가는 코스를 선택한다.

약간 비탈진 골목을 따라 올라가다 보면 골목이 끝나는 곳에 입구가 나타난다. 그런데 왠지 어울리지 않는 곳에서 입장료를 받는다. 살짝 불편한 마음이 들었지만 돌계단을 오르다 보니 그림 같은 풍경에 금세 기분이 풀어진다. 사소한 마음의 짐을 벗게 만드는, 여행이 주는 치유다.

조용하게 고독을 즐기며 혼자 여름을 보내기에 좋은 작은 중세마을
코토르.
도시 전체가 세계문화유산인 곳이 여럿 있다.
그것은 어느 한 곳, 어떤 하나가 아닌,
도시의 모든 것에 가치가 있다는 말이다.
코토르는 숨어 있는 보물을 찾는 마음으로 모든 것을 바라봐야 하는
문화유산이다.

어느 곳에서나
시장에 가면
시간과 공간을 뛰어넘는
경험을 하게 된다.
코토르 성벽 옆에 있는
노천시장에서
처음 본 아저씨, 할머니는
단물이 뚝뚝 떨어지는
복숭아를 건네주시던
외할머니처럼
왠지 낯설지 않다.
오래전부터
알았던 사람처럼
정겹고 친근하다.
시장은 그런 곳이다.
사람 사는 냄새가 물씬
풍겨나는.

여행 중에 들은 몬테네그로인들의 십계명.

1. 사람은 피곤한 상태로 태어나며 휴식하기 위해 산다.
2. 당신의 침대를 당신 자신을 사랑하듯 사랑하라.
3. 낮 동안에 쉬어라, 그래야 저녁에 잘 수 있으니까.
4. 일하지 마라. 일은 목숨을 빼앗는다.
5. 누군가 휴식하고 있는 걸 본다면 그를 도와라.
6. 최대한 조금 일하고 가능한 한 남에게 일을 떠넘겨라.
7. 그늘에서 쉬는 것은 구원이다. 휴식하다 죽은 사람은 없다.
8. 일은 질병을 불러일으킨다. 젊을 때 죽지마라.
9. 갑자기 일하고 싶어진다면 일단 앉아라. 그리고 그 감정이 지나
   갈 때까지 기다려라.
10. 먹고 마시는 사람에게 다가가라. 일하고 있는 사람을 보면 방해
    하지 말고 떠나라.

노천카페에 앉아 커피를 마시고 있는데 건너편 카페 의자 아래에 앉아있는 하얀 고양이가 나를 빤히 쳐다보고 있다.

가만히 다가가서 녀석의 눈을 들여다보니 한쪽은 노란색, 다른쪽은 푸른색인 오드아이odd-eye이다.

중세시대 서양에서는 오드아이의 고양이를 불길하다는 이유로 불태워 죽이거나 산 채로 묻어버렸다고 한다. 다행히 장애가 아닌 DNA 이상으로 인한 멜라닌 색소의 농도 차이로 인해 생기는 것으로 밝혀져, 약간 다를 뿐이라는 이해를 하게 되었다고.

오드아이 고양이를 직접 본 것은 처음이었기에 무척이나 신기했다. 녀석이 도망이라도 갈까봐 조심스럽게 카메라를 들고 신비한 눈을 담았다.

아드리아의 바다와 하늘빛을 닮은 왼쪽의 푸른 눈이 너무 예쁘다. 신기하다고만 생각했던 오드아이에서 특별한 아름다움을 발견했다.

코토르 구시가지 입구에는

"남의 것을 원치 않는다. 그러나 우리 것에 대해서는 결코 항복하지 않는다"는 글이 걸려 있다.

코토르 시민들의 자부심과 당당함이 느껴진다.

노을을 볼 때면 '그리움'이란 단어가 늘 떠오른다.

우습다. 뭐 그리 그리울 것이 많았다고.

어쩌면, 다른 곳의 노을이 그리워서일까.
그 노을이, 사람이, 그 기억이.

●오스트로그

●페라스트

●포드고리차

●코토르

●부드바
●스베티 스테판

●페트로바츠

●울치니

부드바

Budva

여름에 모든 것이 다시 시작되는 곳.
바다를 사랑하는 사람들의 도시.

코토르에서 늦은 아침을 먹은 후 구르디치 문이라고도 불리는 남문으로 나오면서 오늘도 어김없이 입구의 빵가게에서 갓 구운 빵을 세 개 샀다. 벌써 며칠째 빵을 사는 동양인에게 젊은 할머니는 프레즐처럼 생긴 빵을 하나 더 주며 엄마의 미소까지 지어주신다. 잘 갔다 오라는 듯 손까지 들어 주시니 내가 마치 오랜 단골 같다.

코토르 버스터미널에서 부드바까지는 약 30분 걸린다. 평소에는 마을버스 크기의 버스가 운행되다가 여름 휴가철에는 대형 버스로 교체된다고 한다.

부드바에 도착하니 몬테네그로 최대 휴양지답게 큰 주차장과 호텔, 식당 등이 눈에 띈다. 아름답고 쾌적한 환경에 비해 아직은 물가가 저렴해 여행자들에게 인기가 많은 곳이다.

부드바는 BC 5세기경부터 사람이 거주하기 시작했다는 도시로, 일찍이 로마 제국의 지배를 받았고 이후 비잔틴 제국의 영향력 하에 있다가 중세 약 400년 동안은 베네치아 공국의 지배를 받았다. 그래서인지 베네치아 양식의 건물들이 많이 보인다. 1979년 지진으로 상당수의 건물이 파괴 되었지만 보수와 복원을 통해 오늘날 다시 세계적인 휴양지로 거듭난 곳이다.
과거 오스만 투르크의 공격을 방어하기 위해 쌓았다는 성벽 안 구시가지에는 여전히 사람들이 살고 있다. 그래서 부드바의 구시가지는 사람들의 삶이 고스란히 드러나는, 내가 결코 알 수 없을 많은 이야기가 담겨져 있는 곳이다.

그래서일까. 성곽도시로 들어서는 것이 이번이 처음이 아닌데도 묘한 설레임이 있다.

부드바 구시가로 들고나는 문은 두 개다.

구시가지가 워낙 작다보니 하루에도 몇 번이나 문을 들락날락하게
되어 두 개의 문을 모두 다녀볼 수 있다.

어느 문을 통하건 구시가지로 입장하면, 오래된 건물들을 구경하고
반들거리는 대리석 길이 이어지는 예쁜 골목도 걷는 재미난 여행이
시작된다.

눈이 즐겁고, 또 입이 즐거운 여행.

부드바 구시가지에서 가장 부러웠던 것은 두세 집 건너 있는 아트
숍, 또는 아트 스튜디오라고 적어 놓은 자그마한 가게들이었다. 처음
엔 그저 그런 기념품가게려니 생각하고 들어갔는데, 독특한 작품들
이 벽에 빼곡하게 채워져 있는 걸 보고 깜짝 놀랐다.

날마다 아드리아 해를 바라보며 살고 있는 그들의 눈에 비친 부드바
와 몬테네그로의 다양한 모습이 도자기에, 종이에, 헝겊에 그려져 있
었다. 스캔하듯 하나하나 살피다가 '와'하는 소리가 나도 모르게 터
져 나온 물건 하나를 보았다. 돌에 아드리아 해에 면한 나라와 도시
들을 새겨 만든 작은 지구본이었다. 어떻게 만들었을지 놀랍기만 했
다. 수고만큼이나 만만치 않은 가격 탓에 몇 번 들었다 놨다를 반복
하다 결국 사고 말았다. 언제 또 오겠는가.

마음 같으면 탐나는 것이 가득한 그곳을 통째로 들고 왔을 것이다.
날마다 이렇게 멋진 아트를 하며 살고 있으니 부드바 사람들 모두가
진정 부자라는 생각이 들었다.

여행자는 그곳이 그리울 때마다 지구본이나 돌릴 수밖에.

부드바가 좋은 것 중 하나는,
한두 바퀴 돌다 보면 금새, 오래 살았던 동네처럼 친근함이 느껴진
다는 것이다.

식당의 간판들도 정겹고, 여행자들이 꼬리를 물고 다니는 골목에서
동네 아이들이 공을 차고 있다.

이곳은 손님과 주인이 그렇게 어우러지기를 반복하는 곳이다.

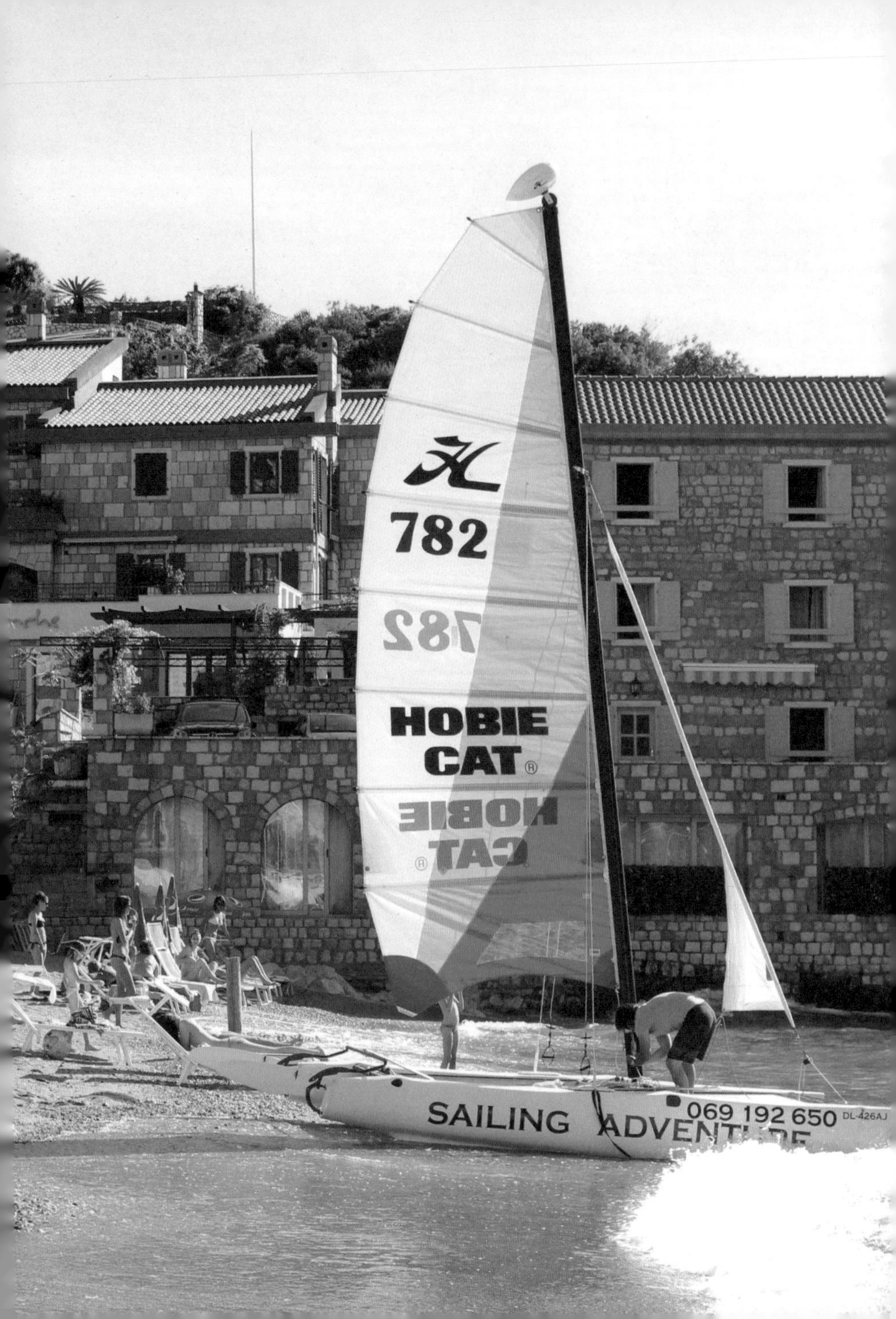
782
HOBIE
CAT
SAILING
069 192 650
DL-426AJ

부드바 해변은 몬테네그로의 여러 해변 중에서 특히 인기가 많은 곳이다. 일광욕을 하기에 좋고 편의시설이 잘 갖춰져 있기도 하지만, 이곳은 연간 수천 명의 서퍼가 찾아오는 윈드서핑의 명소다.

시대의 변화에 따라 쓰임새가 바뀌는 건물들 중 성벽만큼 지위의 격차가 크게 나는 것이 또 있을까 싶다. 적으로부터 도시를 지키는 대의의 상징이던 부드바의 성벽은 오늘날 최고의 광고판이 되었다. 그 바로 아래가 시민들의 휴식처이자 만남의 장소이다 보니 성벽은 요즘으로 치면 가장 입지가 좋은 옥외광고탑이다.

오랜 세월의 먼지와 바람과 이끼가 낀 단색의 돌벽은 다양한 색감의 현수막들을 돋보이게 한다. 수많은 적을 막아내던 장한 역할은 사라졌지만 공공에게 봉사하는 성벽의 정신은 여전한 것이다. 얼마나 아름다운 모습인가.

도시의 중요한 행사나 공연 등을 알리는 현수막 사이로 디스코 클럽 광고가 걸려 있다. 동유럽 대부분의 국가에서 여전히 식지 않은 디스코의 인기가 이곳에서도 느껴진다. 도처의 카페에서는 최신 테크노댄스 음악이 끊임없이 흘러나오고, 해변에 늘어서 있는 디스코텍에는 밤마다 젊은 남녀들이 넘쳐난다.

오래된 성벽 아래에서도 음악에 맞춰 춤을 추는 부드바 사람들.

여행자는 성곽 안으로 이어진 미로 같은 길을 걸으며 이 낡은 도시의 매력에 흠뻑 취한다.

지중해 북쪽의 이탈리아 반도와 발칸 반도 사이에 있는 아드리아 해
는 내해이다 보니 해수온도가 높다. 아드리아 해안이 유럽 사람들에
게 휴양지로 인기가 많은 이유 중 하나이다.
이곳의 여름은 6월부터 시작된다. 아드리아 해를 찾아오는 사람들이
여름을 보내는 방법은 단순하다.

낮에는 차갑지 않은 바다에서 해수욕을 하고, 오후에는 일광욕을
즐기거나 바다가 보이는 카페에서 담소를 나누고, 저녁엔 해변을
산책한다. 그리고 밤이 되면 해변의 나이트클럽에서 새벽까지 즐겁
게 논다.
부드바에서 한 해의 시작은 여름이다.

여름이 되면 모든 것이 다시 시작된다.

가판대 옆에 덮여 있던 아이스크림 기계가 모습을 드러내고, 정성껏 만든 기념품을 가득 늘어놓은 노점 좌판은 저마다의 개성으로 손님을 기다린다.

6월이면 도시의 여러 곳에서 두근거림과 설렘으로 콩콩거리는 심장 소리가 나는 듯하다.

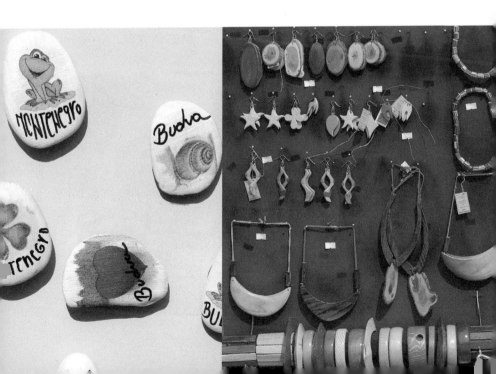

동유럽을 여행하다 보면 이정표에 'Stari Grad'라고 적혀있는 것을 자주 보게 된다. '스타리 그라드'라고 발음하는 이 단어는 '옛 도시'라는 뜻으로, 동유럽 각 도시들에서 여행 포인트가 되는 올드타운, 구시가를 말한다.

특히 구시가가 성벽 안에 있다면, 그곳들은 대부분 오래된 건물 사이로 좁은 골목이 미로처럼 이어져 있어서, 여행자는 순간순간 길을 잃고 같은 곳을 여러 번 지나게 된다. 그러나 닳아서 거울처럼 반들거리는 대리석 바닥을 걷는 것은 비할 데 없는 즐거움이고, 이 골목인가 저 골목인가 기웃거리는 것 자체가 진정한 구시가 여행이다.

성벽 안에는 상점, 갤러리, 식당들이 빼꼭하다. 대개 1층은 상점이고 2층부터는 주택인, 그래서 상가商街가 아니라 주상복합 골목길이다.

좁은 골목 끝에 유난히도 푸른색의 벽이 눈에 띄어 들어간 가게.
그곳엔 등대, 나무로 만든 모형배 등, 바다를 느끼게 하는 크고 작은
물건 들이 가득했다. 젊었을 때 선원이었다는 주인은 퇴직 후에도 바
다를 주제로 한 소품들을 모으다 아예 가게를 차렸다고 했다.
기념품 몇 개를 골라 계산대에 서니, 주인이 바다를 좋아하는 사람에
게만 주는 선물이라며 특이하게 생긴 조개껍질 하나를 건네 준다.
"제가 바다를 좋아하는 걸 어떻게 아세요?"
"부드바까지 찾아 왔다면 바다를 사랑하는 거예요."
가게를 나오며 조개껍질을 만지작거리자, 바다 냄새가 골목 안으로
폴폴 퍼져나가는 듯했다.

성벽 안으로 통하는 두 개의 문 중, 서쪽 문으로 들어가 좁은 길을 걷다 보면 고고학박물관이 보이고 조금 더 가면 광장을 만나는데, 이곳에서도 특별한 것을 볼 수 있다. 길거리 서점이 그것이다.

책꽂이를 여러 개 이어 놓고 책을 진열해 놓았는데, 여행 가이드북 뿐 아니라 최신 베스트셀러까지 나름 구색을 갖춰 놓고 있다. 책 진열장 옆에 여성 서너 명이 의자에 무표정하게 앉아 담배를 피우며 손님을 기다리고 있었다. 모두가 주인 같은 포스로 앉아 있고, 책을 만지기만해도 사야할 것 같은 분위기였다. 책을 구경하다 얼굴을 드는 순간 그 중 한 명과 눈이 마주쳤다. 내가 어색하게 웃자 그녀가 환한 웃음을 건네며 손을 들어 주었다. 그들 역시 내 표정을 살피고 있었던 것이다. 나의 조금은 경계하는 듯한 표정에 그들 역시 굳어 져 있었으리라.

사람은 모두 누군가의 거울이라는 말이 의미하듯, 상대의 반응을 기대할 것이 아니라 내가 원하는 것을 상대에게 먼저 해주면 되는 것이다.

수선스럽지 않으면서 따뜻한 몬테네그로 사람들. 아름다운 자연처럼 아름다운 사람들이다.

부드바 구시가의 랜드마크는 로마 가톨릭 교회였던 세례 요한 교회이다. 부드바의 어디에서도 볼 수 있는 36미터 높이의 종루가 상징처럼 우뚝 서 있는 곳이다.

12세기에 처음 세워졌던 세례 요한 교회는 1667년에 있었던 지진으로 크게 파괴되었으나 이후 재건과 보수를 거쳐 지금의 모습이 되었다.

예배당 안으로 들어가면 1970년대 크로아티아 출신 화가인 이보 둘시치가 세례 요한의 설교 장면을 그린 모자이크화를 볼 수 있다. 역사적인 가치로 보면 예배당 북쪽 제단 중앙에 자리잡은 '성 모자상'이 더 유명하다고 할 수 있다. 유럽 교회에서 쉽게 볼 수 있는 것이 모자상이지만, 이곳 '성 모자상'은 홍조를 띠고 서로 바라보고 있는 모자의 모습이 특이하다. '푼토의 성모 마리아' 또는 '부두엔시스의 성모 마리아'라는 제목으로 알려진 이 그림은 대략 12~13세기 그리스 혹은 남부 이탈리아에 있었던 그림을 후에 이곳으로 옮겨 놓은 것이라고 한다.

종탑에서는 한 시간마다 종소리가 들린다. 오래된 도시에 울려 퍼지는 종소리는 그 자체만으로도 낭만적이다. 세례 요한 교회는 부드바 시민들의 신앙생활의 중심이자 마음의 고향 같은 곳이다.

오래된 골목에서는
뭔가 비밀스러움이 느껴진다.
저 닫혀진 창문 속에는 어떤 이야기들이 숨겨져 있을까.

열린 창문 사이로 흘러나오는 신비한 기운에
나도 모르게 마음이 다가선다.

사라진 것들이 남긴,

먹먹함.

이곳 사람들은 절대로 알지 못할

그 느낌.

세례 요한 교회 바로 옆에는 성 삼위일체 교회가 있다. 1804년에 지어진 그리스정교 교회로, 정면은 로마네스크 양식이고 뒷면과 지붕은 비잔틴 양식이다. 수세기에 걸쳐 지배세력들이 바뀌면서 개보수된 흔적이다. 뒷면 창문에는 1979년 지진으로 생겼다는 금이 아직 그대로 남아 있다. 우리 같으면 벌써 새것으로 바꿔놓지 않았을까. 그런 것들을 그대로 남겨둔 덕택에, 이야기가 생기고 세월을 타고 전해진다.

유럽에는 요새 또는 성벽을 뜻하는 시타델citadel이 많다. 적의 공격을 막고 도시와 운명을 함께한 곳이었기에, '도시city'와 시타델의 어원은 동일하다.

중세시대에 세워져 지금까지 남아있는 시타델 중 부드바의 시타델은 비교적 보존이 잘 되어 있는 곳이다.

돌계단을 올라가 입장료를 내고 안으로 들어가면 책들이 꽂혀 있는 서재가 있고, 중세 선원들의 물품과 오래된 지중해 해도 등을 소장한 작은 박물관도 있다.

성채의 안쪽으로 더 들어가면 부드바 시내와 해안을 제대로 조망할 수 있는 뷰 포인트가 여러 곳이 있다. 요새에서 가장 높은 전망대에 서면 세례 요한 교회와 성 삼위일체 교회가 한눈에 보인다. 프레임 안에 산과 작은 도시와 아드리아 해가 아담하게 쏙 들어온다.

시타델에서는 성벽 걷기가 인기다. 부르바 시타델에서도 성벽을 따라 바다를 보며 160미터쯤 되는 길을 걷는다.

좁은 성벽 길의 끝까지 가면 스베티 니콜라 섬Sveti Nikola Island이 아주 예쁘게 보이는 계단이 나온다. 바로 카메라를 대고 셔터를 누른다.

이 풍경은
오래된 것과 새로운 것,
변하는 것과 변하지 않는 것이 만나는,
도시가 간직한 풍경이다.

부드바 해변 어디에서나 볼 수 있는
스베티 니콜라 섬.
제주도 성산포 앞에 떠있는 우도를 닮았다.

스베티 니콜라 섬은 해안에서 약 1킬로미터 떨어져 있다.
이곳에도 840미터 길이의 해변이 있는데, 좀 더 여유롭게 휴가를 즐기고자 하는 사람들이 즐겨 찾는 곳이다.

매년 여름이면 이탈리아와 몬테네그로 각지에서 30여만 명의 사람들이 이곳 부드바를 찾아오고, 그럴수록 좀 더 한적한 스베티 니콜라 섬을 찾는 사람들도 계속 늘어나고 있다고 한다.

카메라에 풍경을 담든지,

눈으로, 혹은 마음에 담든지.

바닷가에서 만난,

다른 듯 같은 풍경.

가까이 있을 때는 무심하게 잊고 있다가
떠나보면 그리워지는 것.

골목길에서 벌써 세 번째 아이스크림을 사먹는다.
크로아티아에서 시작된 아이스크림 사랑은
좀처럼 시그라들지 않고 몬테네그로에서도 계속 되었다.
아드리아의 햇살과 바다 내음이
자꾸 아이스크림을 떠오르게 만드는 것은 아닌지.

슬로벤스카Slovenska 해변은 부드바에서 가장 넓고 인기 있는 해변이다. 여름이면 1,500미터에 이르는 긴 해변에 형형색색의 파라솔들이 가득 들어선다.

부드러운 모래, 완만한 파도, 차갑지 않은 물의 온도 덕택에 어린이를 동반한 관광객들에게 최적의 해변이다. 이곳에서 시타델의 성벽 밖으로 연결되어 있는 피자나Pizana 해변은 부드바 시민들의 휴식처다.

해변 끝까지 걸어가면 절벽 위에서 다이빙을 하는 사람들과 바위 위에서 일광욕을 즐기는 사람들을 많이 볼 수 있다.

높은 절벽 위에서 아드리아 바다로 뛰어드는 기분은 어떨까?

부러운 마음에 시간 가는 줄 모르고 쳐다보았다.

성벽 끝에서 시작되는 피자나 해변을 지나 모그렌Mogren 해변으로 걸어가다 보면 바위 위에 서 있는 발레리나 동상을 만나게 된다. 대부분의 사람들은 피자나 해변의 파라솔 아래 앉아 쉬었다가 돌아가곤 하기 때문에 놓치기 쉬운 것이기도 하다.

그러나 사진작가들은 발레리나와 구시가, 그리고 스베티 니콜라 섬
을 함께 사진에 담기 위해 이곳에서 해가 지기를 기다린다.
바닷가에 세워진 발레리나 동상이 언제부터인가 부드바의 새로운
명물이 되었다.

크로아티아어 소베SOBE,
독일어 짐머ZIMMER,
이탈리아어 카메레CAMERE,
영어 룸ROOM.

민박형 숙소 앞에 걸린 표지판의 단어들이다.
아드리아 해안가 도시들을 여행하다 보면 다양한 디자인의 작은 표
지판들이 집의 문에, 벽에 붙어 있다.
호텔에 비해 저렴하기도 하고,
때로는 집 같은 편안함을 느낄 수 있고,
현지인들의 생활상을 가까이에서 볼 수 있는 좋은 곳이다.
가난한 여행자에게는 부담이 적어 더욱 편안하게 쉬어가는 곳이기
도 하다.

언젠가,
이곳 부드바에서도 '민박'이라는 예쁜 표지판을 볼 수 있기를 기대
한다.

바다를 배경으로
바람에 펄럭이는
붉은 바탕의
몬테네그로 국기.

● 오스트로그

● 페라스트
● 코토르
● 포드고리차

● 부드바
● 스베티 스테판
● 페트로바츠

● 울치니

포드고리차

Podgorica

언덕 아래,
유유히 흐르는 강물을 보며
한 나라의 수도를 천천히 걸어본다.

"이제 어디로 가요?"

"네, 포드고리차Podgorica로 가려구요."

"노, 노"

비르파자르Virpazar 카페 주인은 얼굴까지 붉히며 손을 내젓는다.

"포드고리차엔 볼 게 없어요. 가지 마세요. 우리 몬테네그로 사람들이 뭐라고 하는지 알아요? 우리나라는 포드고리차 빼고 다 예쁘다고들 말해요."

강한 만류에 황당해하는 나를 보더니 살짝 미소를 지으며 말했다.

"동양 사람들은 이상해요. 말려도 기어코 포드고리차에 가보고는 볼게 하나도 없다는 식으로 말하니까요."

일겠다고 하고 인사를 하고 나왔지만 이미 가기로 마음을 먹은 이상 그곳으로 가야만 했다.

사실 카페 주인의 말이 틀리지 않다.

우리는 마치 무슨 의무라도 있는 것처럼 그 나라의 수도를 가 보려고 한다. 수도를 가 봐야지만 그 나라를 갔다 왔다는 생각이 드는 것인지도.

어쨌든, 절대로 기대하면 안 된다는 현지인의 의견을 듣고 조금은 맥 빠지는, 무거운 발걸음으로 터미널로 향했다. 오랜 여행 경험 중 이러기는 처음이었다.

포드고리차는 예상보다 훨씬 작은 도시였다. 한 나라의 수도라고는 믿기지 않을 정도로 한적하고 조용하다. 인구가 약 15만 명 정도이고, 재미라고는 처음부터 없었을 것 같은 그런 느낌이 드는 곳이었다.

그런데 참 이상했다. 그동안 물과 산만 봐서 그런지, 그저 조용하기만 하고 아무런 분주함도 없는 이 작은 도시가 마음에 들었다. 결국, 반나절이면 다 둘러볼 것 같은 이곳에서 하룻밤을 더 머물기로 결정하고, 느릿한 걷기를 시작했다.

포드고리차는 모라차Moraca 강과 리브니차Ribnica 강의 합류점에 위치하고 있어서, 강이 도시 한가운데를 흘러간다. 강이 있는 도시는 어디나 운치가 있지만, 포드고리차처럼 조용하고 소박한 도시에서 유유히 흐르는 강을 보고 있자니 마음이 한없이 편안해진다. 강 주위에 있을 법한 축대도 없고, 매우 자연스럽다.

강 주변에는 오스만 제국의 유적이 있고, 그 바로 옆에는 콘크리트로 만든 다리도 있다. 신·구의 조화.

포드고리차에서 몇 개 안 되는 제대로 된 건물인 버스터미널.
자연스러움을 유지하기 위해서는 불편함도 감수해야 한다.

포드고리차의 거의 모든 곳은 걸어서 갈 수 있다.
참 특별한 경험이 아닌가.
한 나라의 수도를 걸어서 다닐 수 있다는 것이.

오래된 시계는 그만큼의 세월을 품고 있다.

포드고리차 구시가의 랜드마크인 시계탑.

오래전, 도시의 중심지였던 곳에 있는 단순하고 투박한 시계탑.

이제는 이곳을 지나고 강을 건너야만 현대적인 시내로 들어갈 수 있다.

이곳 시민들 대부분은 하루에도 몇 번씩 이곳을 지나다닌다.

과거와 현재를 연결해주는 통로.

그들은 시간만을 보는 것이 아니고 세월을 본다.

포드고리차에는 몬테네그로 최초이자 최후의 왕인 니콜라 1세의 동
상이 있다.
1860부터 1918년까지 몬테네그로를 통치했던 그는 '발칸의 장점과
단점을 모두 체화한 인물'이라는 평을 받는 왕이었다.

약관의 나이에 왕위에 올라 탁월한 리더십으로 몬테네그로의 국력
을 키운 왕의 모습이 다른 나라 위인들에 비해 초라하게 느껴지는
건 무슨 이유일까? 후손들이 제대로 공을 안 들이는 건가.
그래도 이곳은 포드고리차에서는 큰 공원이다.

오래된 도시의 골목은
역사를 이야기하고 진실을 품고 있다.

포드고리차는 세르비아어로 '언덕 아래'라는 뜻이다. 유고슬라비아 시절(1946~1992)에는 정치가 티토Tito의 이름을 따서 티토그라드 Titograd라고도 불리었던 곳이다. 티토는 제2차 세계대전 당시 반독저항 운동을 지휘하여 유고슬라비아를 독일로부터 해방시키고 독자적인 사회주의 노선을 추진했던 유명한 정치인이다.

2006년 6월, 몬테네그로가 유고슬라비아 연방에서 독립한 이후 처음으로 연 국제 행사가 미인대회였다고 한다. 자타가 공인하는 몬테네그로 여인들의 아름다움을 앞세워 국제무대에 데뷔하고 싶었던 것일까.

그 중심에 수도인 포드고리차가 있었고, 그렇게 조금씩 몬테네그로는 세상에 존재를 알리기 시작했다. 영화 〈007 카지노 로얄〉의 촬영지로, 소설의 배경으로, 유명한 스포츠 선수들의 이름으로, 몬테네그로라는 이름을 알리며, 오늘도 발칸의 숨은 진주를 찾아오는 여행자들을 기다리고 있다.

●오스트로그

●페라스트
●코토르　　　　●포드고리차

●부드바
　스베티 스테판
　　　●페트로바츠

●울치니

오스트로그
Ostrog

수직 절벽에 세워진 수도원에서 저물어가는 해를 바라본다.

제타 계곡에 붉은 빛이 가득하다.

포드고리차를 떠나 닉시치Niksic를 향해 달리는 버스의 차창 밖으로 석회암으로 이루어진 산이 끊임없이 이어진다. 가끔씩 나타나는 작은 마을들이 있어, 이곳에도 사람들이 살고 있다는 것을 느낄 뿐, 전체적으로 척박해 보이는 지역이다. 한참 동안 언덕을 올라가던 버스가 산 중턱 간이휴게소 앞에 멈춰 섰다. 버스에 타고 있던 사람들이 저마다 몇 시간 동안 참았던 무료함을 토해내듯 짧은 기지개를 펴며 일어섰다.

휴게소에서 커피 한 잔을 샀다. 계산을 하고 돌아서며 한 모금 마시는데, 생각보다 맛이 좋다. 커피 덕택에 정신을 좀 차리고 주위를 보니, 큰 나무 가지들이 휘어져 부러질 듯 서 있는 숲속의 풍경이 눈에 들어왔다. 멀리서 볼 때는 온통 바위산인 줄 알았는데, 나무가 제법 있다. 국토의 90퍼센트가 산악지대이다 보니 몬테네그로 사람들은 척박한 산 아래 혹은 산 속에 살면서도 그 산을 선물로 생각한다고 한다. 그리고 그 바위산에서 그들의 삶을 이야기해 왔다.

나는 지금 제타Zeta 계곡 900미터 위, 90도에 가까운 수직 절벽을 파고 들어간 곳에 몬테네그로 사람들의 신앙과 삶을 새겨 놓은 곳, 오스트로그 수도원Ostrog Monastery으로 가고 있다.

오래전 한 외국 여행잡지에 '발칸 여행 하이라이트 top 10'이라고 소개된 이곳 사진을 보고 언젠가 꼭 오고 싶었던 곳이다.

그런 곳을 보기 직전의 떨리는 기분이란, 여행을 통해서만 느낄 수 있는 지극히 감각적인 느낌이다.

동방정교회의 대표적인 순례지인 이곳은 2.6킬로미터나 이어지는 가파른 돌계단을 기꺼이 올라와야만 볼 수 있는 신성한 곳이다. 힘들게 계단을 올라온 사람들은 수직에 가까운 절벽 속에 박혀 있는 수도원을 보며 말할 수 없는 경외를 느낀다.

17세기, 헤르체고비나의 대주교인 성 바실리에St. Vasilije는 오스만 제국에 의해 트레빈예 주변에 있던 수도원이 파괴되자 제자들과 함께 이곳으로 와 수도원을 세웠는데, 절벽에 지어진 수도원을 본 사람들이 이를 성 바실리에 기적이라고 불렀다고 한다.

그로부터 6년 후인 1671년 성 바실리에가 죽자, 남아 있던 수도사들이 성 바실리에의 몸을 천으로 감싼 후 동굴 안에 보관한 것이 알려지면서 수도원이 성지가 되었다. 그런 이유로, 이곳에서는 성당 내부에 들어가려면 복장을 적절하게 갖춰야 한다. 수도원까지 힘들게 걸어 올라온 여행자라 할지라도, 복장이 불량하면 입실이 허용되지 않는다.

어깨가 보이는 옷이나 짧은 치마는 삼가야 하고, 만약 짧은 옷을 입었다면 스카프 등으로 가려야 한다. 지친 마음에 안식을 주는데, 이 정도 불편함은 충분히 감수할 일이나.

세 개의 십자가가 서 있는 삼위일체 문을 지나면 제일 먼저 보이는 건물에 작은 기념품 가게들이 있고, 그곳을 지나 조금만 더 올라가면 절벽에 지어진 본채 건물이 나온다.

현재의 수도원은 오래전 화재로 많은 부분이 소실된 후 1923년부터 1926년 사이에 복원한 것으로, 지금도 크고 작은 공사가 계속되고 있다.

계단을 따라 테라스에 올라가니 제타 계곡의 멋진 풍경이 한 눈에 들어온다. 무심코 테라스 담 위를 보다 묵주가 놓여 있는 것이 눈에 띄었다. 누가 두고 갔나 싶었는데, 여기저기 몇 개가 더 있다. 아마 이곳에서 소원을 빈 사람들이 던져놓았나 보다. 그 절실한 마음에 가슴 한 편이 살짝 아려온다.

수도원 내부, 특히 성채를 모신 예배당에서는 촬영이 엄격히 제한된다. 사진을 찍지 못하니 오히려 분위기에 집중할 수 있어 좋다. 성화와 기도문들, 그리고 독특한 정교회의 십자가 등을 보며 모두 이곳 산 위에서 만나는 특별함에 감격한다.

이콘에 입을 맞추려는 독실한 순례자들이 줄을 잇는 이곳엔 이들을 위한 예배 공간과 숙박시설이 있어서, 하룻밤을 묵어가는 사람들도 많다고 한다.

산 아래 풍경도 근사하지만, 이곳에서 저물어가는 해를 바라보는 것 자체가 위로고 힐링이다. 하늘과 가까운 곳에서 바라보는 제타 계곡에 붉은 빛이 가득하다.

그 자리에 오래도록 머물고 싶은 마음을 가까스로 접고 산을 내려와 버스에 올랐다. 수도원을 떠나 포드고리차로 돌아가는 버스엔 나를 포함해 총 네 명의 승객이 타고 있다.

창밖으로 저녁 어스름이 내리기 시작했다. 눈을 감으니 잠시 머물다 온 가파른 절벽 수도원의 비현실적인 풍경이 머릿속에 새겨지는 듯하다.

● 오스트로그

● 페라스트

● 코토르

● 포드고리차

● 부드바

● 스베티 스테판

● 페트로바츠

● 울치니

스베티 스테판

Sveti Stefan

붉은 지붕들이 빼곡한 섬,
매끄러운 조약돌들이 가득한 작은 해변에
바닷물이 살그락거리며 들고난다.

부드바에서 남동쪽으로 약 6킬로미터, 느리기로 유명한 몬테네그로 버스(물론 가파르고 구불거리는 길이라 당연하기도 하지만)로도 15분이면 도착하는 아드리아 해에 떠있는 조그만 섬 스베티 스테판Sveti Stefan.

오래전, 작은 집들이 다닥다닥 붙어 있는 조그마한 섬의 주민들은 아침이면 고기를 잡으러 바다로 나가고 일요일엔 하나밖에 없는 작은 교회에 모여 예배를 봤겠지. 섬 안에 사는 모든 사람들에게 비밀이라는 것은 있을 수 없었겠지. 누구누구의 큰 애가 학교에 합격했고, 누구누구의 셋째 딸이 다음 주에 결혼한다는 것쯤은 모두가 알고 있는 이야기였을 테지. 뒷집 할머니가 돌아가신 날엔 섬사람 모두가 슬퍼했을 테고 앞집에 아기가 태어나던 날엔 섬 안에서 잔치가 열렸겠지.

붉은 지붕이 얹혀 있는 작은 섬에는 물빛 냄새 나는 사람들의 사는 이야기가 숨어 있는 듯하다.

스베티 스테판은 섬 전체가 리조트이다.

15세기에 어부들이 하나둘 살기 시작하면서 만들어진 마을이었던 곳을 1950년대에 대형 리조트 회사에서 섬 자체를 사들인 후 현대적으로 리모델링하여 최고급 휴양지로 재탄생시켰다.

한 잡지에서 세계에서 가장 매력적인 호텔 10곳 중 한 곳으로 선정하기도 했던 이곳은 세계적인 톱스타들과 유명 정치인들이 휴가를 보낼 만큼 그 명성이 자자하다.

섬과 연결된 낮은 다리는 호텔과 식당에 예약한 사람만이 안내소를 통해 들어갈 수 있는데, 섬에는 15세기 건물들과 지붕, 벽, 골목 등이 그대로 유지되어 있어 21세기에 중세의 낭만을 느낄 수 있다.

작은 섬을 빼곡하게 채운 붉은 지붕 건물들.

중세의 모습이 고스란히 남아있는 아름다운 작은 섬, 스베티 스테판.

작은 섬을 제외한 마을은 지금도 대부분의 사람들이 고기잡이를 하고 사는 조그만 어촌이다.

섬으로 들어가는 다리의 왼쪽은 누구나 이용할 수 있는 해변public beach이고, 오른쪽은 리조트에서 운영하는 해변private beach이다.

리조트에 묵지 않더라도 입장료만 내면 이용할 수 있는 프라이빗 비치에는 파라솔과 일광욕 의자 등이 잘 구비되어 있고, 보트와 낚시 등도 즐길 수 있다.

퍼블릭 비치는 누구라도 이용이 가능한 곳으로, 특이하게도 매끄럽고 작은 조약돌들이 해변에 깔려 있어서 다양한 색깔의 예쁜 돌들을 줍는 재미가 쏠쏠하다.

말을 잠시 멈추는 것을 '침묵'silence이라고 한다.

침묵은 말을 안 하는 게 목적이 아니라 제대로 듣기 위해서 하는 것
이다.

대부분의 사람들은 이 침묵을 몹시 어려워한다.

언젠가 한 기도원에서 하루 종일 침묵하는 훈련을 받은 적이 있다.

생각보다 매우 힘들었는데, 말을 멈추자 놀랍게도 삶의 속도가 달라
졌다.

음식을 먹고 걸음을 걷는 속도도 매우 느려졌다.

생각의 속도도 느려지고 그러다보니 생각도 깊어졌다.

아드리아 바닷가를 걸으며 오랜만에 침묵하기로 정해 본다.

그러자 보이지 않던 것들이 하나둘씩 나타났다.

걸음이 자꾸만 멈춰진다.

해변이 은밀한 부위를 드러냈다.

침묵이 내게 주는 선물이다.

● 오스트로그

●페라스트

●코토르

●포드고리차

부드바
● 스베티 스테판

●페트로바츠

●울치니

페트로바츠

Petrovac

조용히 해변을 걷거나
앞바다에 떠있는 두 개의 섬을 바라보거나
아무것도 안하고 있기.
오로지 그것을 위해 여행자들은 이곳을 찾는다.

"세상에서 가장 작은 섬이 어딘지 알아요?"

소설가인 후배가 잡지를 넘기며 물었다.

영국 실리Scilly 군도에서 서쪽으로 6킬로미터 떨어져 있는 비숍 록 Bishop Rock이 세상에서 가장 작은 섬으로 기네스북에 올라 있다고 말하면서 그가 보던 잡지를 내밀었다.

"와!"

거기엔 등대 하나가 섬 전체와 맞먹는 사진이 한 페이지를 가득 채 우고 있었다.

사진 밑에는 '길이 46미터, 너비 16미터의 바위가 전부인 매우 위험 했던 섬'이라고 적혀있다.

"매우 위험했던 섬?"

바다에 솟아오른 바위는 아름다웠지만, 오래전부터 이 바위에 지나 가던 배들이 부딪쳐 인명 피해가 많았다는 것이다.

특히 1703년에는 대영제국 함선들이 이 암초에 부딪쳐 약 2천 명의 목숨을 앗아간 역사적인 사건도 일어났다고 했다.

결국 등대를 세워야만 했는데, 어렵게 겨우 등대를 세워 놓으면 파도에 쓸려가기 일쑤였다고 한다. 그렇게 사고가 이어졌다가, 1858년에서야 작업자들이 인근 섬에 머물며 날씨가 좋은 날에만 공사를 하는 7년간의 노력과 희생 끝에 가까스로 45미터 높이의 등대가 완성되었다고 한다.

이곳, '성 일요일 섬'이 보이는 바닷가에서 왜 비숍 록의 이야기가 떠오른 것일까.

두 개의 섬이 이어진 것 같은 모습이지만, 두 개를 합쳐도 비숍 록보다는 작아 보이니, 세상에서 가장 작은 섬은 이 '성 일요일 섬'이 아닐까 싶어서다.

비숍 록의 사진이 실린 잡지를 덮으며 후배가 했던 말이 생각났다.

"형, 가장 작은 섬은요, 내 작은 고백 하나 들어갈 곳 없는 그녀의 마음이에요."

해변의 끝에는 페트로바츠 요새와, 항구라고 하기엔
너무 작은 항구가 있다.

모든 것이 하나씩밖에 없는 이곳.
그래서 모두 특별하다.

페트로바츠 요새 아래에서 낚시를 하고 있는 두 남자를 만났다.

내가 주변에서 기웃거리자 중년의 남자가 손짓을 하며 인사를 한다. 그가 보여준 파란 플라스틱 양동이에는 이름을 알 수 없는 물고기가 열 마리쯤 담겨 있다. 내가 "우와!" 하며 반응을 보이자 어깨를 으쓱한다. 그러는 동안 아들인 듯한 십대 소년이 한 마리를 더 잡아 올리며 자기를 보라는 듯 소리를 질렀다.

제법 큰 고기를 양동이에 넣으며 둘이 티격태격한다. 서로 자기가 잡은 고기가 더 크다며 다투는 듯했다. 조금 격렬(?)하게 다투던 그들은 옆에 서 있는 나를 동시에 쳐다본다. 졸지에 부자간의 싸움에 결정적인 존재로 끼게 되었다.

사실, 별 차이는 없어 보였다. 자로 재지 않고서야 뭐라고 판단해줄 것인가.

결국, 난 아이의 편이 되어 주었다. "너가 잡은 물고기가 더 커!" 그러자 아이는 기뻐 어쩔 줄 모르고 환호성을 질러댔다.

내가 아이의 손을 들어 주는 것을 지켜보던 아이의 아빠가 더 환하게 웃으며 악수를 청해왔다. 아이를 행복하게 해준 것에 대한 감사의 표시라고나 할까. 동서양을 막론하고 똑같은 부모 마음을 확인하는 순간이다.

자식 웃는 얼굴 보는 것이 행복인 것을.

페트로바츠에서는 해변 뒤로 난 길 옆에서 파는 과일을 꼭 맛봐야
한다.

포도, 딸기, 무화과 열매. 그중에서도 주먹크기만한 무화과를 한 입에
넣으면, 입 안 가득 달콤함과 신선함이 퍼진다. 발칸 반도의 햇빛과
아드리아 해의 바람 냄새를 오롯이 느끼게 해주는 신비로운 맛이다.

순식간에 세 개를 먹어치운 후, 다시 돌아가 노점상에게 다섯 개를
더 샀다.

햇빛이 찬란하게 빛나던 그날 오후, 세상에서 가장 신비로운 맛의
오찬을 즐겼다.

'성 일요일 섬'은 보는 각도에 따라 다르게 보인다.
두 개로도 보이고, 하나로도 보이는 섬.
떨어져 있지만 돌들로 가늘게 이어진 섬.
섬을 보며, 섬을 따라 걷는 여행.

이 작은 마을에서 여행자는 할 일이 아무것도 없다.
하루 종일 해변에서 보내는 것이 전부다.
할 일이 많지 않다는 것이 주는 여유.

아름다운 아드리아 해를 조용하게 천천히 즐기기엔
이만한 곳이 없다.

페트로바츠 마을은 로마시대인 4세기에 한 부부가 이곳에 별장을 짓고 살면서부터 그 역사가 시작되었다고 한다. 그 당시에 별장이었을까 아니면 별장 같은 집이었을까. 아무튼 지금도 마을을 걷다보면 로마시대에 유행했다는 모자이크 바닥의 흔적을 볼 수 있다.

마을 앞에 떠있는 두 개의 섬은 페트로바츠의 상징과도 같은 섬이다.

한 섬은 카티츠Katic, 다른 섬은 스베타 네제리아Sveta Nedelja라고 불린다. 카티츠 섬은 외부인의 침입을 경계하는 데 중요한 역할을 했고, 그래서인지 섬 전체에 바위와 큰 나무들이 많아 지금 봐도 단단한 요새 같다.

스베타 네제리아 섬에는 붉은 지붕의 예쁜 성당이 있다. 마치 바위의 일부분인 것 같은 성당은 항해 중 목숨을 잃은 선원들을 추모하기 위해 만든 것으로, 지금도 매일 미사가 열린다고 한다.

오래전에 울렸을 종소리가 오랜 세월이 흐른 지금도 우렁차게 울린다.

오스트로그

페라스트

코토르

포드고리차

부드바

스베티 스테판

페트로바츠

울치니

울치니

Ulcinj

아드리아 해의 깊고 푸른 바다를 보며 숲길을 걷는다.

갈대밭 사이로 시원한 바람이 들어온다.

울치니Ulcinj는 몬테네그로의 남부 끝, 알바니아와의 국경 근처에 위치한 도시이다. 인구는 십만 명쯤으로, 몬테네그로 해안에 있는 소도시들 중에서는 제법 큰 도시이다. 특이한 것은, 그 인구의 70퍼센트 정도가 이웃한 알바니아인이라는 것인데, 역사적으로 많은 전쟁을 치르면서 국경을 접하고 있는 알바니아인들이 몬테네그로로 이주해왔기 때문이라고 한다.

부드바에서 51킬로미터 떨어져 있는 이곳은 여름 휴가철 외에는 조용한 도시이지만, 휴가철에는 그야말로 인산인해를 이루는 소문난 휴양지이다.

여섯 개의 모스크가 곳곳에 서 있는, 알바니아 같은 몬테네그로.

아드리아 최남단 바닷가에 두 개의 문화와 종교가 만나 조화를 이루고 있다.

울치니는 여름철 평균기온이 25도 정도이고 수심이 깊지 않아서 5월부터 10월까지는 일광욕과 수영을 즐길 수 있는 곳이다. 그래서 인접해있는 이탈리아인들뿐만 아니라 유럽인들에게 인기가 많은 휴양지이다.

특히 고운 모래가 12킬로미터나 이어지는 벨리카 플라자Velika Plaza 는 몬테네그로에서 가장 긴 해변이다.

길게 이어진 해변에는 재미있는 이름을 가진 해변들이 사람들을 유혹한다. 코파카바나라는 이름의 해변도 있고 마이애미 해변도 있다. 몬테네그로에서 아메리카 해변을 만나다니, 일석이조다.

칼리메라스Calimeras.

이곳 사람들은 공상영화에 나올 법한 이것들을 그렇게 불렀다.

시내에서 조금 떨어진 곳에 있는 보야나 섬에 가느라 보야나 강을 지나는데, 매우 특이한 집들이 늘어서 있다. 집 주변에 온통 나무를 엮어서 텐트 살처럼 교차시킨 후 그것에 커다란 그물들을 매어놓았다. 그 그물을 강물에 담갔다가 물고기가 차면 들어 올리는 장치들인 것이다. 그렇게 배 같기도 집 같기도 한 것들이 강 위에 떠있다.

이곳 주민들의 삶의 수단인 칼리메라스가 여행자에게는 무척이나 신기하게 보인다.

모든 것이 수동으로 이루어지는 전통적인 방식이라 더욱 그렇다.

보야나 강에 줄줄이 늘어선 거대한 낚싯대는 그 자체가 하나의 풍경이다.

평화롭게만 보이는 작은 도시 울치니에도 화려한 과거가 있었단다. 한때는 아드리아 해를 지나는 해상 교역의 중심지였고, 더 오래전인 중세시대엔 해적기지였다는 사실.

그 기지의 본부 격인 곳은 구시가지이다. 울치니 사람들은 외부의 침입으로부터 마을을 지키기 위해 바닷가에 견고한 성벽을 세웠고, 오늘날까지 그대로 남아있다.

특히 17세기에는 인근 이탈리아와 달마티아 지방에서 납치해 온 부자들과 노예들을 파는 시장까지 있었다고 한다. 잡아 온 노예는 팔고 부자들은 가족에게 몸값을 요구했다고 하는데, 지금도 구시가지 안에는 당시 잡아 온 사람들을 가두어 두었던 곳이 남아있다.

특히, 《돈키호테》를 쓴 스페인 작가 미겔 데 세르반테스Miguel de Cervantes가 5년간이나 이곳에 잡혀 있었다고 하니, 당시 해적들의 기세가 대단했던 모양이다.

몬테네그로에는 멋진 성벽들이 많이 남아있다.
외적의 침입이 없었다면 성벽이란 존재하지도 않았을 테니,
그들의 슬픈 역사로 호사를 누리는 건 여행자들이다.

몬테네그로와 알바니아 두 나라에 걸쳐 있는 큰 호수가 있다. 같은 호수를 몬테네그로에서는 스카다르Skadar라 부르고 알바니아에서는 슈코더라 부른다. 발칸 반도에서 가장 큰 호수로, 전체의 3분의 2가 몬테네그로에 속해 있으니 스카다르 호수라 부르는 게 일반적이다. 호수로 나가려면 호숫가에 위치한 작은 마을인 브란이나Vranjina나 비르파자르Virpazar에서 배를 타고 가야 한다.

아드리아 해를 끼고 있는 몬테네그로의 여타 도시들과는 달리 내륙에 면한 이곳 사람들에게는 호수야말로 신선한 어류를 제공해주는 고마운 곳이기도 하다.

스카다르 호수는 유럽에서 가장 큰 조류 보호지역이기도 하다. 270여 종의 조류와 특히 유럽에서 마지막 남은 펠리컨의 서식지라 국가 차원에서 공을 들여 보호하는 만큼, 다양한 생태계를 관찰하러 환경학자들이 자주 방문하는 곳이라고 한다.

건조한 여름이 되면 물이 빠지고 습지가 모습을 드러낸다. 그 풍경을 보기 위해 특히 여름에 많은 사람들이 찾아오는 이곳은 발칸 반도에서 가장 깊은 호수인 오흐리드 호수Lake Ohrid와 함께 발칸 반도의 대표 호수이다.

아드리아의 깊고 푸른 바다를 보며 숲길을 걷고 싶었다.
수많은 골짜기를 돌고 또 돌아 도착한 곳, 울치니.
갈대밭 사이로 시원한 바람이 들어온다.
나의 소망이 한 번에 모두 이루어졌다.

작은 모터보트를 타고 호수로 나간다.
갈대밭을 가르며 나있는 뱃길을 따라 바다 같은 호수의 중심을 향해
달려간다.

모라차 강이 호수와 만나는 지점을 지나니
병풍처럼 호수를 둘러싸고 있는 산들이 한눈에 들어온다.
내 인생 최고의 쉼표를 이곳 스카다르에서 만났다.

강원도 영월군 한반도면 선암마을에는 한반도를 닮은 지형이 있다. 평창강과 주천강이 합쳐지기 전에 크게 한 번 휘돌면서 하천의 침식과 퇴적 등에 의해 만들어진 것이라고 한다. 하천의 바깥쪽은 하천이 빠르게 흐르면서 주변 암석을 깎아 절벽이 생겼고, 안쪽은 천천히 흐르는 물로 인해 모래가 쌓였다.

오랜 시간이 만들어낸 지형을 보면서 자연은 참으로 오묘하다는 생각을 했었는데, 이곳 스카다르에도 비슷한 지형이 있다. 흘러가고, 흘려보내는 오랜 시간 동안 만들어진 독특한 모양이 신기하다. 낯선 곳에서 만난 익숙한 풍경을 마음에 담으려고 눈을 감는다. 마음속에서 가만히 겹쳐지는 풍경들.

다시 못 올 지금 이 순간.
갑자기 이 순간이 너무나 소중해진다.

노천카페에 둘러 앉아 '지금'을 함께 누리고 있는 여인들과 조그마
한 광장 한가운데에서 반가운 대화를 나누고 있는 두 신사와 함께
'지금 이 순간'을 공유하는 것이 소중하게 느껴진다.

이 여행이 끝나면,
과거가 될 지금이,
장자의 꿈같은 이 순간이,
무척이나 그리워질 것 같다.

무심코 바라본 하늘.

아.

무수한 새들이 이제 곧 몬테네그로를 떠나는
여행자에게 작별 인사를 하듯
머리 위 하늘에서 한참을 돌다 어디론가를 향해 날아갔다.
몬테네그로라는 나라에 지금이라도 와서 참 다행이라는 생각이
들었다.

그리고 감사했다.

아름다운 자연을 간직한 채로 날 맞아준 것에 대해서.
어디선가 불어오는 바람에 얼굴을 맡긴다.
마치 바람에 도장을 찍듯 날 기억해 달라는 부탁의 말과 함께.

"안녕 몬테네그로!"

"Doviđenja Crna Gora"

그 어느 곳보다, 몬테네그로

첫판 1쇄 펴낸날 2016년 6월 8일

지은이 | 백승선
펴낸이 | 박남희

종이 | 화인페이퍼
인쇄·제본 | 한영문화사

펴낸곳 | (주)뮤진트리
출판등록 | 2007년 11월 28일 제318-2007-000130호
주소 | 서울시 마포구 토정로 135 (상수동) M빌딩
전화 | (02)2676-7117 팩스 | (02)2676-5261
전자우편 | geist6@hanmail.net
홈페이지 | www.mujintree.com

ISBN 978-89-94015-94-1 03810

* 책값은 뒤표지에 있습니다.